VENTE AUX ENCHÈRES PUBLIQUES

DE

1° TABLEAUX

AQUARELLES, DESSINS, GRAVURES

provenant de la collection de feu

M. Aristide VIGNERON

et Appartenant à Mme X...

ET

2° TABLEAUX, AQUARELLES

DESSINS ET GRAVURES

Appartenant à divers

A PARIS, HOTEL DROUOT — SALLE N° 10

Le Samedi 29 Juin 1912

à deux heures

M° G. FRANÇOIS	M. G. CAMENTRON
Commissaire-Priseur	Expert près les Douanes françaises
23, Rue Le Peletier, 23	43, Rue Laffitte, 43

EXPOSITION PUBLIQUE

Le Vendredi 28 Juin 1912, de 2 heures à 6 heures

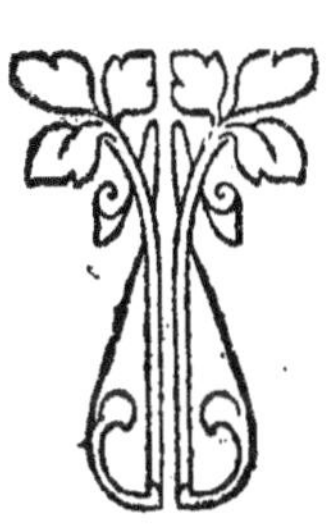

G. CHAUFOUR, IMPRIM.
6-8, RUE MILTON, PARIS

TABLEAUX, AQUARELLES, DESSINS et GRAVURES

Appartenant à Mme X***

du n° 1 au n° 93 inclus

TABLEAUX, DESSINS et GRAVURES

Appartenant à divers

du n° 94 à la fin

CONDITIONS DE LA VENTE

La vente sera faite expressément au comptant.

Les acquéreurs paieront 10 0/0 en sus des enchères.

L'exposition mettant le public à même de se rendre compte de l'état des objets, il ne sera admis aucune réclamation une fois l'adjudication prononcée.

DÉSIGNATION

TABLEAUX

AQUARELLE — DESSINS — GRAVURE

Appartenant à Mme X...

I

TABLEAUX

ASTRUC (Zacharie)

1 — *Fleurs.*

BEAUQUESNE

2 — *En Embuscade.*

BÉRAUD (Jean)

3 — *La Parisienne.*

PATH

FOUACE

FOUBERT

FRÈRE

GARRAUD (Gustave)

GESNE (de)

GROLLERON

GUELDRY

32 — *Paysage d'été.*

GUILLEMET

33 — *Les Laveuses.*

GUILLON

34 — *Marine.*

HAQUETTE

35 — *Le Chemin dans les bois.*

HAREUX

36 — *Paysage; le soir.*

HAREUX

37 — *Les Laveuses.*

¡ILLISIBLE

38 — *Marine.*

JOLIDO

39 — *Bord de rivière.*

JOUBERT

40 — *Le Village au bord de l'eau.*

LACROIX (Tristan)

41 — *Cerf traversant un cours d'eau.*

LACROIX (Tristan)

42 — *Tête de biche.*

LAMBERT

43 — *Les Laveuses.*

LE CAMUS

44 — *Paysage.*

LÉVIS (Maurice)

45 — *Le Pont.*

LIOT

46 — *Le Calvaire.*

LŒWE-MARCHAND

47 — *Les Oies.*

MAINCENT

48 — *Paysage; le soir.*

MALFILATRE

49 — *Sous bois.*

MALOT-HALOT

5o — *Clair de lune.*

MINET

5i — *Les Barques.*

PERRET (Aimé)

52 — *Jeune paysanne assise.*
Sous bois.

QUOST

53 — *Les Coquelicots.*

RENOUF

54 — *Paysage d'automne.*

REYNAUD

55 — *Jeune femme assise.*

56 — *Jeune femme d'Italie.*

ROYBET

57 — *Portrait de M. Vigneron.*

> Signé, dédicacé et daté 1893 en haut à droite.

SCHOMMER

58 — *Femme vue de dos.*

ǀSCHREIBER

59 — *Moine lisant.*

STECK

60 — *La Naissance du Christ.*

VOLLON (ALEXIS)

61 — *Tête de femme.*

WATTELIN

62 — *Vaches au pré.*

II

AQUARELLES

FOREAU

63 — *Femme et panthère.*

MÉRY

64 — *Paysage.*

MOUREN

65 — *Square de Cluny.*

MUNCH

66 — *Paysage.*

III

DESSINS

BERNE-BELLECOUR
67 — *Un Dragon*.

BIDA
68 — *Tailleur algérien*.

DUEZ
69 — *Le Chiffonnier*.

F. C.
70 — *Dessin à la sanguine*.

GŒNEUTTE (Norbert)
71 — *Tête de femme*.
Pastel.

GROLLERON
72 — *Le Coiffeur du régiment*.

GUILLAUMET
73 — *Arabe assis*.

HAQUETTE

74 — *Les Pêcheurs d'huîtres.*

LAMBERT

75 — *Chats jouant.*

LE BLANC

76 — *La Déclaration.*

LENTANT

77 — *Dessin.*

MATTEY

78 — *Portrait d'homme.*

MORIN (Louis)

79 — *Sujet galant.*

PILLE (Henri)

80 — *Le Café.*

WOGEL

81 — *Les Conjurés.*

82 — *Jeune femme.*

Vente Doucet, 1896.

IV

GRAVURES

BELLANGER (Camille)

83 — *Gravure.*

CHAUVES

84 — *Vaches à l'abreuvoir.*

FORMSTEICHEN

85 — *Chien dans sa niche.*

GŒNEUTTE (Norbert)

86 — *Jeune femme la main appuyée sur une carte.*

JACQUE (Charles)

87 — *Moutons à l'abreuvoir.*

LHERMITTE (D'après)

88 — *La paye des moissonneurs.*

NEUVILLE (D'après De)

89 — *Les dernières cartouches.*

ROYBET (D'après)

90 — *Portrait d'homme.*

ROYBET (D'après)

91 -- *La Main chaude.*

SCHOPINGIN

92 — *Paysages.*

Deux gravures dans un même cadre.

93 — *Les Conscrits.*

TABLEAUX

GRAVURES, DESSINS

Appartenant à divers

I

TABLEAUX

BOUDIN

94 — *Marine.*

BOUDIN

95 — *Village au bord de la mer.*

CHABANIAN

96 — *Marine.*

COIGNET (Léon)

97 — *Paysage.*

COUTURE

98 — *Nymphes et satyre.*

DECAMPS

99 — *Le Savoyard et le singe.*

ECOLE FRANÇAISE

100 — *Portrait d'homme.*

ECOLE DE 1830

101 — *Paysage, personnages et animaux.*

GUDIN

102 — *Pêcheurs réparant leurs filets.*

GUILLOUX (Ch.)

103 — *La Seine à Herblay. Matinée de printemps.*

GUILLOUX (Ch.)

104 — *La Seine à la Frette. Coucher de soleil.*

HERNIER

105 — *Paysage.*

HUET (École de)

106 — *Étude.*

ISABEY

107 — *Marine.*

LANÇON (Auguste)

108 — *Lion couché.*

MASSON (Bénédict)

109 — *Son Portrait.*

MONTICELLI

110 — *Roméo et Juliette.*

SOULL'ARD (Louis)

111 — *La Baie d'Ajaccio.*

SOULL'ARD (Louis)

112 — *La Baie de Saint-Florent.*

TASSAERT

113 — *L'Aveugle et ses enfants.*

THORNLEY

114 — *Paysage.*

115 — *Paysage.*

116 — *Paysage.*

117 — *Paysage.*

118 — *Paysage.*

VERNET (Horace)

119 — *Bandit turc.*

II

DESSINS

BLONDEAU

120 — *Dessin humoristique.*

BOUDIN

121 — *Sur la plage.*
Aquarelle.

DAUBIGNY

122 — *Paysage.*
Dessin à la plume.

123 — *Sortie de château.*
Cachet de la vente.

124 — *Étude de moutons.*
Cachet de la vente.

FLERS

125 — *Marine.*

GROUX (Henry de)

126 — *Le Christ devant Pilate.*
Pastel.

GUYS (Constantin)

127 — *Cavaliers.*
Trois dessins dans un même cadre.

128 — *Le Carosse de l'Empereur.*

129 — *La Revue du général.*

130 — *Le Régiment qui passe.*

131 — *La Charge.*

ROSA (Attribué à Salvator)

132 — *Dessin à l'encre de Chine.*

WOUWERMANS

133 — *Étude.*

III

GRAVURES

BAIN

134 — *Gravure enluminée.*

135 — *Le Verre d'eau.*

Gravure enluminée.

136 — *L'Heureuse famille.*

Gravure anglaise.

137 — *Un lot de cinq pièces.*

Gravure et lithos encadrées.

138 — *Un lot de quatre pièces.*

Aquarelles et lithos encadrées.